新时代诗库

山水赋

大 解 著

中国言实出版社

图书在版编目(CIP)数据

山水赋 / 大解著 . -- 北京 : 中国言实出版社 , 2021.9

ISBN 978-7-5171-3913-3

Ⅰ . ①山… Ⅱ . ①大… Ⅲ . ①诗集 - 中国 - 当代 Ⅳ . ①I227

中国版本图书馆 CIP 数据核字（2021）第 199279 号

山水赋

出 版 人：王昕朋
责任编辑：肖 彭
责任校对：赵 歌

出版发行：中国言实出版社
地 址：北京市朝阳区北苑路180号加利大厦5号楼105室
邮 编：100101
编辑部：北京市海淀区花园路6号院B座6层
邮 编：100088
电 话：64924853（总编室） 64924716（发行部）
网 址：www.zgyscbs.cn E-mail：zgyscbs@263.net

经 销：新华书店
印 刷：北京盛通印刷股份有限公司
版 次：2022年3月第1版 2022年 3月第1次印刷
规 格：710毫米 × 1000毫米 1/32 6.25印张
字 数：190千字

定 价：58.00元
书 号：ISBN 978-7-5171-3913-3

《新时代诗库》编委会

当代诗

大解，原名解文阁，1957年生，河北青龙县人，现居石家庄。著有诗歌，小说，寓言等多部，作品曾获鲁迅文学奖等多种奖项，作品收入近400种选本。

Da Xie, formerly known as Xie Wenge, was born in 1957 in Qinglong, Hebei Province and now lives in Shijiazhuang. He has written many poems, novels, fables and so on .His works have won various awards such as Lu Xun Literature Award. More than 400 works have been selected in various anthologies.

目 录

CONTENTS

燕山赋

田野放低了自己　以便突出燕山
使岩石离天更近
山顶以上那虚空的地方
我曾试图前往　但更多的时候
我居住在山坡下面　在流水和月亮之间
寻找捷径

就这样几十年　我积累了个人史
就这样一个山村匍匐在地上　放走了白云
据我所知　那些走在老路上的
拂袖而去者　多数回到了天堂
剩下的人打扫庭院　继续劳作和生育

燕山有几万个山头撑住天空
凡是塌陷的地方　必定有灯火
和疲惫的归人
他们的眼神里闪烁着光泽

而内心的秘密由于过小　被上苍所忽略

我是这样看待先人的　他们
知其所终　以命为本
在自己的里面蜗居一生
最终隐身在小小的土堆里
模仿燕山而隆起

外乡人啊　你不能瞧不起那些小土堆
你不知燕山有多大　有多少人
以泥土为归宿　又一再重临

燕山知晓这一切　不遗忘这一切
因此山不厌高　水不厌深
尘世不厌匆忙的过路人
我只是其中之一　但我之所爱
已被燕山所记载　也被土地所承认

2009.6.25

山顶

一

天气转暖以后　我想到山上走走
离天越近的地方越干净　尤其是山顶
我滚下石头的地方现在是个浅坑
岁月已经把它磨损　但没有填平
我抱过的松树流出了松油　我折断的树枝
从旁边长出了新枝

对于山脉来说　几十年算什么
而一个人　几十年就老了　甚至蚂蚁
也敢爬上他的大腿　甚至清风
也敢带走他的灵魂

在山顶
我能不能望得更远？看来这个想法
明显有些愚蠢　都这个岁数了

应该知道命里的灰尘落向何处
应该回避天涯　向自身沉沦

我可能是个异数
给我一副眼镜　我的目光
就能绕地球一周　望见自己的后背
给我一个推力　我就能离开自我
找到新的路径
对　现在就动身　到山顶上去
到了山顶　如果我还能继续往上走
那该是多么轻松

二

燕山是我的靠山　一到平原　我就发呆
平原太平　即使有石头也无法滚动
你们不知道　把石头推下山巅是多么过瘾
我和伙伴一齐用力　说　下去吧
石头就下去了　无论多么不情愿　它也得滚

我对山顶的热爱　多半来自石头
童年干了多少坏事　已经记不清
我对不起石头　石头啊
原谅一个不懂事的孩子吧

如今　我已在平原居住多年
想到这些　心里就愧疚
因此我常常北望燕山　其实根本看不见
我只是望着那个方向　想着那里的人们

燕山是这样一座山脉　山上住着石头
山下住着子民　中间的河水日夜奔流
好像有什么急事　依我看也没什么急事
不过是接受了大海的邀请
大海有什么了不起　不过是水做的平原
但我没在海里住过　也不敢妄加评论

2010.1.13

这是一条干净的河流

这是一条干净的河流　水清见底
铺满沙子的河床向两岸延伸
混杂着卵石　一直到看不见的边际
在青山挡住白云的地方　河水会想办法
穿过去　在切削的山上留下绝壁

有一群孩子正在拐弯处洗澡
他们呼喊的声音被放大　混合
从绝壁上反射出尖利而含糊的回音

我踩过脚印的沙滩
已被河水冲走了几十年
如今在这里折腾的
是另外一群孩子

青龙河有足够的水　任他们戏耍
当他们玩够了　长大了　老了

时间和尘土将联手　毁灭了他们的记忆

我似乎看见了从前的一幕：
太阳已经偏西　向东展开的
悬崖开始扩大它们的阴影
青龙河暗淡了　慢慢隐藏起流水的光辉
我再次有了眺望河流尽头的想法
当傍晚的炊烟阻挡了我的视线
我的眼睛无由地蒙上一层泪水

2007.9.12

大河谷

暮色从山谷中升起　向四周弥漫
空气加深了颜色　最后充满了阴影
这时青龙河几乎贴在地上　接近于爬行

晚星出现之前　空气集结起来
沿着河谷南下
把一辆马车阻挡在途中

而一队放学的孩子
正在逆风行走　他们的头发被风揪起来
但不拔掉　风手下留情了

我记得我走在最后面
我的左面是河流
河流的两岸是山
在风的推动下　更远的山在暗处挪移
让我们无法接近

2007.10.5

燕山不可信

燕山不可信，其间众多假山峰。
白云隆起处，人也不可信，百年不见，
就化成幻影。
我也不可信，
我离开燕山，终老他乡，却常在梦里还魂。

2020.2.22

我曾经在海边居住

大海动荡了多年，依然陷在土坑里。
而山脉一跃而起，从此群峰就绪，座无虚席。
这就是我久居山下的理由。众神也是如此。
我写下的象形文字，发出的叹息，
与此有关的一切，也都将
接受命运的驱使。
我这是啥命啊，
等到大海安静了，我才能回去，过另一生。

2019.7.27

夜访太行山

星星已经离开山顶　这预示着
苍穹正在弯曲
那看不见的手　已经支起了帐篷
我认识这个夜幕　但对于地上的群峰
却略感生疏　它们暗自集合
展示着越来越大的阴影

就是在这样的夜里
我曾潜入深山　拜访过一位兄长
他的灯在发烧　而他心里的光
被星空所吸引

现在我不能说出他的名字
他的姓氏和血缘　像地下的潜流
隐藏着秘密

我记得那一夜　泛着荧光的夜幕下

岩石在下沉　那种隐秘的力量
诱使我一步步走向深处
接触到沉默的事物　却因不能说出
而咬住了嘴唇

2011.3.3

太行山已经失守

这是无法阻挡的事情
当傍晚运行在高空里的西风
把太行山上空漫过的透光卷积云
吹成细碎菲薄的鳞片
紧跟着天就凉下来　转瞬波及几千个村庄

一旦太行山失守　整个华北平原就无可凭依
我担心的事情终于发生了
那些村野间的树木开始交出他们的叶子
而乌鸦和麻雀们还没有准备好过冬的衣裳

我缩着脖子站在路口
看见阳光退出原野　与此同时
束腰的蚂蚁正在翻越土粒和草根
返回自己的家乡

我也该回去了

我跟在放学的孩子们后面
听他们说说笑笑　他们什么也不怕
就是凉风吹进墙缝　天空拔高一万里
他们也不在意
而太行山不行　它必须坚持住
它必须在西风闯下山坡以后　等待星星出现
以便顺着它陡峭的峰脊向上攀升

2005.10.3

山的外面是群山

考虑到春天的小鸟容易激动
我决定绕过树林　走一条弯道
赶往卵石遍布的河滩

那些小鸟　腹中已经有蛋了
而山脉产下卵石以后
从来就撒手不管

这正好符合我的心愿
我收藏石头已经多年

我走过的河滩不下千里
我经过的村庄　老人蹲在墙脚
阳光离开他的时候
有风吹着远处的树冠

一切都静静的

没有人知道我来这里干什么

我的周围是山　山的外面是群山

2007.4.5

蚂蚁奔向太行山

一只蚂蚁奔向太行山，
路过井陉关的时候，
它的脚趾都肿了，浑身在冒汗。
它的头上顶着天线，一路在狂奔。
我跟踪它一个下午，有一个人，
跟踪了我一生。
他不住地打电话，
向我打听夕阳的住处，
我明明知道，就是不告诉他。
就像这只蚂蚁，去意已决，
却闭口不谈那充满艰辛的
伟大的旅程。

2019.1.18

那时候

西高东低，地势开始倾斜。
太行山隆起的时候，大海是个水坑，
正在聚集流水。

我进山打听一个人，
他明明就在云端，为何都说不认识？

我找到他的时候，
远方的大海已经满了。

有人站在海里弯腰取水，
有人走下天空，为万物命名。

那时我还没有姓氏，出于敬畏，
我点头称是，服从了我的父亲。

2019.1.21

夜过土门关

路过土门关的时候，太行山出现了豁口，
星星们都吓跑了，只有萤火虫固定在夜空。
我蒙面过关，还是目睹了
不该看见的一幕：
一个人掉进了天空里，正在大声呼救。
当他越掉越深，最后看不见了，完全消失了，
远处传来救护车的声音。

2019.1.24

在山里

大地需要一些坑洼，存放流水，
山脉也是，要有一两个出口，
让河流穿过。
太行山有八个出口，这就有些过分了，
显然夸张大于必要性。
路过井陉关的时候，我故意，
跺了跺脚，可能是我用力过大了，
地球忽然下沉。
我的卑微在此放大，
收获了自己的惊叹，
由于群山沉默，没有得到历史的承认。

2019.1.25

愚公移山

愚公搬走了太行山，
他家门口不拥塞了，却阻挡了
华北平原。
千里沃野止于此，
你说，这算不算捣乱。
我想再写一篇寓言，让他把山搬回去。
如果他不服气，我就自己动手，
先搬石头，再搬阴影，最后，
搬白云。
干完之后，我要坐在地上，
歇一下，就像当年的造物者，
造完天地万物之后，休息一天。

2019.1.26

合影

本来是跟朋友合影，不料，
太行山闯进了镜头，站在我们身后。
山脉上面露出一片蓝色，我猜测，
那就是传说中的天空。
这些意外出现的事物给我惊喜，
它们安然，稳妥，没有一点声响，
仿佛天然存在，
又突然降临。
总是在这样的时刻，我不知所措地
搓着双手，想说一些感谢的话，
但不知说给谁。
我来回走，四处张望，
仿佛不是来拍照，而是专程来感恩。

2019.1.28

一拖再拖

把太行山上空的云彩全部铲掉，
天空就会露出底色，甚至有波纹。
在天上走动，可能会被淹死，
天太深。

一般情况下，我愿意待在地上，
哪怕是愚公瞧不起我，哪怕他让我，
把太行山搬回去。

我劝他，已经这么多年了，就这么着吧。
别折腾了。他不听。他非常倔强。

每到这时，我就为难，不知说什么好。
我望着天空发呆，真想上去，
就不回来了。

太行山一动不动。

我就知道它不想走。

它不是要赖，而是在地上扎了根。

我借机推脱，等等，再等等。

就这么一拖再拖，

到如今，已经过去了几万年。

2019.7.21

书上说

书上说：太行山是从别处搬来的。
书上还说：挖山者，子子孙孙无穷尽也。

书上还说：很久以前，
嘴还没有获得言辞，只是一道裂缝。
人们越走越长，经年累月，不知其老矣。

那时，野生的河流，野生的风，
无人管理。书上说：夜晚漆黑但是
月亮没有死，而是去了别处。

书上说的我都信。
但书上没有说出后来的事情：
群山涌起，按下葫芦浮起瓢，
人群很快散开，到处都是。

我在太行山里寻找证据，走啊走，

遇到愚公而不识，遇到女娲而不识，
遇到夸父而不识，遇到后羿而不识。
最后，我遇到了我自己，
哈，这个老头我认识。

2020.4.19

寓言

把太行山向西挪动六十里，
华北平原就会宽一些，可以再造一座城。
城里的仙女们嫁不出去，只能飘起来，
我叩打着黄铜的门环，劝她们飘回去。

如果太行山不走，而是长高了六十里，
那就麻烦了。没有人能够搬动这么高的山。
仙女们生活在山下，
雪白的裙子上全是阴影。

这可怎么办。真是愁死人了。
只能任由仙女们飘来飘去，而辽阔的
华北平原已经扩展到海边，还在继续延伸，
河流向下游输送着土壤，
根本没有停止的迹象。

我叩打着黄铜的门环。镶着金边的

夕阳正在缓缓下沉，意思是，
时间不多了，快下决心吧。
我举目四望，没有人能够帮我，
没有人从天而降，取走我空虚的名声。

2020.12.23

太行山里

我有一个朋友住在太行山里，
有时他在云彩上面，有时他在山坡下面。
有时我翻遍通讯录也找不到他的姓名。

他不存在的时候居多。
只要我找他，他肯定不存在。

总是在我不需要的时候，
他突然出现吓我一跳。
他嘿嘿地笑着，龅牙上闪着光。

大海还是小水坑的时候，
他就有了名字。
后来山里的水，都流到了低处。

我来自燕山。我见到他的时候，

海水已经满了，而河流还在汇聚。

我们坐在人间，谈论着天上的事情。

2020.12.23

山中数日

——致禾泉

自然之美需要反复确认。
云和雨在密林中互换，被蒸发的水，
又回到溪流中。你绝对想不到，
溪水来自于天空　而花朵
才是山中的女神。
露水有小小的心脏，当它跳动，
花瓣会醒来，而醉醺醺的蝴蝶飞过流水，
去追风。
我可以负责任地告诉你，
在山雨到来之前，
云雾和花香混合在一起，没有缝隙，
翅膀也不能找到阴影深处的秘境。
不信你就试试。
不信你就来到太行山里，
来到里大河村，
有一位名叫禾泉的诗人，

会把你带到云彩里，云和彩是两回事，
但在晨光里，自然之美，
已成一体，需要反复确认。

2020.8.3

大风

大风在欺负一个老人，
让他腹背受凉，到了山口，仍无法停下。
大风来自边缘，它袭击的目标
是太行山，也可能
是模糊的黄昏。
已经翘边的华北平原正在卷曲，像一张饼。
而一个老人背对时间，选择了顺从。
他知道无法抵抗。
他知道星星正在暗中窥视，
已经选中了受命人。
那些被垂直牵引的都已上去，
而他流着鼻涕，隐藏在衣服里，
越来越弯曲。他早已认命。
他不是一个稻草人，
却有内部的真空。

连他自己也不知道，

他的脖子上面，长着我的面孔。

2019.7.25

随感

我已多年没有来过沙河了，古老的河滩上，
石头在减少，一些死了，一些溜走或隐藏。
就在不远处，流水和时光都被水库截住，只有云片在飞翔。
它飞呀飞呀，慢得让人着急，
但又不得不承认，凡是太快的事物，都容易消亡。

2016.5.6

河套

河套静下来了　但风并没有走远
空气正在高处集结　准备更大的行动

河滩上　离群索居的几棵小草
长在石缝里　躲过了牲口的嘴唇

风把它们按倒在地
但并不要它们的命

风又要来了　极目之处
一个行人加快了脚步　后面紧跟着三个人

他们不知道这几棵草　在风来以前
他们倾斜着身子　仿佛被什么推动或牵引

2007.4.6

沉默

山脉的慵懒源于惰性，万古不动。
死也不过如此。而众生如浮云。
我坐在山巅上，看层叠的山峦起伏跌宕，
呈现出奔涌和冲刷的痕迹，除了流水，
还有看不见的力量，让它们安静。
我百思不得其解，终于，
把脸伏在膝盖上，不是沉思，而是沉默。

2020.7.14

眺望

染上了浮光的山巅　此时正在加冕
并接受了王冠　我欣喜地看见
鸟群在风里散开　仿佛信使
领受了不可言传的话语

每当这时　我都要给上苍写信
一句　两句　用心地
说出一个愿望

这里没有晚祷的钟声
在白楼和山巅之间
是空气带着余晖在流动
当我抬起头来　感受体内的震颤
总会有一种力量　穿越心灵

此刻白昼将歇　太阳的光
正从尘世退回到天空

我知道这不断重现的景象意味着

生存之奥秘　让人领略造物之神奇

并深深地感恩

2011.3.3

过唐古拉山口

唐古拉山口　天空透蓝
逐渐抬升的高原使远山变得低矮
那些积雪的山峰是凉风出逃之地

在火车行驶途中
那些白色的山脉逐渐从苔原地貌的后面缓缓升起
其威严和圣洁让人敬畏

就在斜坡延伸的空旷之地
雪水融化所形成的细流隐藏在草丛下面
若不是云彩在地上投下暗影　你会忽略
弯曲流水的微弱反光
直接被远处连绵的雪峰所吸引

那勾魂的
雪山后面　深蓝的天空一直在飘动

我知道此时　即使风已经停下

经幡依然要展开　抖掉世上的灰尘

2011.6.16

拉萨河

拉萨河水从上游流下来　经过我身边　流向了下游
我成了必经的驿站　却不是最终的归宿
这时来自印度的一片云彩有些疲倦　从它慵懒的倒影里
我看见河水闪着灵光　仿佛接纳一位身穿白袍的圣人

2011.6.20

拉萨河

那时，我正在拉萨河里洗手，
看见了红色僧侣和来自遥远的白云。
还有洗心者，从地上爬起来又匍匐在地，
还有雪山倒立在水中。
河水又浅又宽，离开它，我用了三步，
忘记它用了十年。

2020.3.12

玉珠峰

玉珠峰对面　开采昆仑玉的山巅淌下碎石形成的白色瀑布
所谓玉出昆仑　说的就是这里和那里　那里是和田
在玉珠峰的积雪之下谈论白玉　容易使羊脂凝结成冰
从此经年不化
我有一块玉　但不敢拿出来　在昆仑山里　白色是神圣的
一旦神也选择了圣洁　我必须清洗心灵　然后肃然回避

2011.6.20

飞越天山

正值秋高气爽的时节　我从天山上空经过
看见连绵的雪峰和浮云

飞机在气流中拍打着翅膀　正在惬意地飞翔
离开地球你才能知道　真正的自由在天上

难怪神仙都住在星空里　高处真爽啊
最麻烦的是人间　情啊恨啊愁啊没完没了

干脆一走了之　到天上去
从新疆飞到新疆　新疆太大了　飞不出去

那就从伊犁飞往喀什　在天空里
背手散步　不再理睬人间的事情

但是天山吸引了我　它白色的峰脊和冰川
有如惊涛骇浪　激起泡沫般的白云

我差一点喊出来　我要是喊了
飞机肯定会吓一跳　甚至产生颠簸

我忍住了激情　把诗歌压在扁平的纸上
让文字跳动

我决定不再隐忍
于是写下：飞越天山

2012 年 8 月 15 日下午 6 点　天空干净无比
一群人在飞　其中夹杂着诗神

2012.9.18

过天山

越过天山时，飞机粘在了天上，
我从舷窗向下俯瞰，雪峰连绵，集体向后移动。
瞬间，
我的灵魂出窍，差点突变为诗神。

2020.3.14

在天山仰望长庚

长庚已经出现　但丈量天空的尺子还未造出
大意的人们忽视了这个傍晚

可是长庚确实已经出现　在天山南坡
原野微微倾斜　已经接受了它的光环

天空垂挂着星星索　却无人能够攀缘
我不能劝它低一些　也无法劝它暗淡

白昼沉沦了　天山在黄昏中躺下来
而一股沙尘暴却陡然起立　越过一道斜坡
消失在视野的边缘

在戈壁　夜色最早是飘忽的
而后稳住　凝固
有把我涂黑和抹去的意思

幸亏我不是好惹的
通过土地　我可以算出天的位置
通过天　我可以找到星星和它成群的伙伴

长庚已经出现　但走向天空的脚还未长出
既然如此　我愿意孤独地呆在某处
任凭时间摩擦　直到闪出内部的花纹

2005.11.24

乌鸦飞行

九只乌鸦　在天山的斜坡上飞
这究竟是什么用意

天山再大　我一手就能遮住它
但我遮不住乌鸦的叫声

斜坡下滑几十里　秋风顺势溜向低谷
乌鸦借助气流在虚无中飞行

九只　我数了数　是九只
它们飞得不高　不散　像是在空中开会
或在戈壁上空视察　偶尔发出议论

哇　哇　它们惊叹
除了惊叹　它们好像没有别的语言

天山养育了这些黑客　必有用意

九只乌鸦与秋风搏斗　似乎都是胜者

那么究竟谁会败给命运

2005.11.23

主峰

傍晚的余晖退守到山巅，
正在给至尊者加冕，佩戴王冠。
白昼已老，大戏将终，主演才出场，
谢幕人把悲剧推向了辉煌的顶峰。
其孤绝，其傲慢，其短暂，
可歌可泣。
那仅有的光，为何停留在主峰？
主峰是天空的支点。

2020.3.4

叶尔羌河

叶尔羌河出自昆仑山。
昆仑山是从地里长出来的，其高俊和体魄，
是老大，不是老大爷。

一个羊脂白玉姑娘听后笑了。
她的手背骨节处有四个小酒窝，手指肚，
圆满而修长。

她在河边撩水，源自雪峰的叶尔羌河
一半是玻璃，一半是融化的冰。

2020.3.13

哀牢山记事

余晖沿着芷村白色的街区，
向哀牢山的峰顶撤退。落日啊，
请再给我一点光，
我要拍摄一个胖女人，
她的前胸和背影。

胖女人是幸福的，
不太胖的女人更幸福。
当她们转身，
飘起来的衣摆会在风中露出腰肢，
仿佛秘密露出一半，而另一半，
正在本能地收紧。

没有退缩的余地，我瞄准谁，
谁就将被掠夺，被压扁，
和固定，
被迫呈现出迷人的风景。

我不能枉来一次哀牢山，
我不能只是对美发呆，
眼看着黄昏从千里之外向这里奔袭，
夺走属于我的这惊颤的一瞬。

在芷村，野蛮和慌乱，
都将被肉体吸收。
唯有落日散尽它的光芒，
正在沉沉下落，为星辰让位，
准备一场夜晚的狂欢。

2012.9.27 于云南蒙自

在大海上远眺雁荡山

在温州和温暖的边缘，大海停止泛滥，
让位给雁荡山。

这正是我所要的美景：
一面是奇峰孤绝而又连绵，
一面是渔船压住海浪，薄云来自天边。

就在那些重峦叠嶂里，一些老人，
成功转世。他们所需要的光，
已经泻下绝壁，正在深谷中回旋。

我还认识几个丫头，是神仙的女儿，
她们说话婉转，舌尖有点甜。

内什么，她叫什么来着？
就是最美的那个，她一转身，
就被山体遮住，然后变幻一个姓名。

如果天空再高一些，
我将看见她的倒影。

此刻海水正在涨潮。我的心红了。
怎么就红了呢？

等我下了船，我将立即回到山里，
一刻也不等待。

相比于雁荡山，大海太空荡，太颠簸了，
我需要躺在一个人的心窝里，才能安眠。

2013.11.3

夷望溪

小雨落在夷望溪上，打出点点小坑。
水面上忽然泛起白雾，
随后掠过阵阵凉风。
这时白鹭覆盖了远处的一面山坡，
其中一只飞起来，去天空里报信。

已是傍晚时分，
水边的木船是空的，
隐藏在树丛中的一户人家，
院子里晾着花衣服，
但仙女不在。
经过桃花源时，我见过她的倒影。

不一会儿，小雨就停了，
天空变得松软，从那透光的缝隙中，
露出了里面肥胖的白云。
我敢肯定，那就是天堂的出口，

在夷望溪，在白鹭飘起的一刻，
找到了对应。

2015.6.26 夜

南溪

南溪太急，何事如此匆忙？

万世已去，退场者仍在还乡的路上。

往兮？归兮？

我记得人间，有一个荒凉的大海，

比死还要恒久，因为汇集深流而永不平静。

2016.4.8 于遂昌

客居南溪边

南溪立起来，水会流到天上。
不可以啊，尚未立约，众生都要俯首，
听命于上苍。

我知道黄河是怎么做的。我来自河北，
听到过它的呼吸，非常低沉。它所有的力，
都是向下的。一旦它飞起来，你将看到，
龙行于天，必有大事。

南溪，你是小溪，
安于美，止于清纯，足矣。
你不用起立，不用随我去往北方，
那里，神在沉思，正在安排万物的去向。

2016.4.9 于遂昌

玄天湖

窗外树丛里，小鸟用重庆方言催我起床。
昨日也是如此，我醒来，
看见大日腾空，山河踊跃，乃有兴兴之气象。
我到湖边散步，不觉越走越快，
一下子年轻了四十岁，就像当年，
我辞别燕山，踌躇满志，奔赴他乡。

2016.4.20 于重庆铜梁

玄天湖的月亮

掉进湖底的月亮，淹不死，但也救不出。
假如它是一个出口，我倒想试一试，
钻过这个透光的漏洞。
我知道，天上的月亮是假的，
浮云也不过是众生的倒影。
曾经有十个我，分散在不同的世代，反复穿行。
我也是一个出口，
现在，我正使用这个出口，穿过此生。

2016.4.21 于重庆

浈江

浈江太平稳，你想让它波涛翻滚，
那简直是做梦。
你就是一刀劈了它，也不可能奔腾。
你以为它睡着了，实际上，
它在流动。
就不能快一点吗？
在蜗牛到家以前，是否可以，
让一片树叶提前漂入黄昏？
浈江有它自己的性格，它认为，
快有什么用！去大海吗？
大海不过是一个水坑。
比速度吗？快就是疲于奔命。
对于浈江，慢是一种享受，
是平稳和安宁。
如果哪一天，它真的慢死了，
我首先想到的是：不可能！
如果哪一天，它暴跳如雷，

我第一个站出来否定。

我见过浈江。

我了解浈江。

它坦然，沉稳，平和，

用它的慢，在抵抗流逝，

用身体，以接近静止的速度，

宁死不快，与时间抗衡。

2016.5.30

乌蒙山

河流穿过峡谷，
左边是乌蒙山，右边也是乌蒙山。
乌蒙山被钝刀切开，裂成两半。
我用手比划着，又切了几下。
我似乎听到，
另外的河流在山后轰响，
左边是乌蒙山，右边也是乌蒙山。
乌蒙山，就这样被剁成
血流不止的
断……裂……带……

2016.9.5 云南昭通

岷山

把云彩放走，把雪冠固定在山顶，
把红叶修改成火焰，在绿水和蓝水边，
画出桑吉妹妹，她的心在发热，
而佛在远处发光。
回到河北，我才能画出岷山的全景。
回到河北后，佛找过我，他宽大的红袍里，
有我欠下的尘土，也可能有
来世的荒凉。

2016.11.21

岷山

再高的山，树也能上去。
树也上不去的地方，青草能够上去。
青草也上不去的地方，雪会从天而降，
覆盖住山顶。

我曾经想过，天空那么辽阔，
走几步也许踩不坏。我想上去，
走一走。

从鹅嫚沟的南坡往上，
虽然陡峭，但可以试试。
那里的天空很低，手臂长的人，
甚至可以摸到。

我曾经指望灵魂登上山巅，
但这个不争气的老东西让我越来越失望。

现在，岷山就横在我的面前，
是上，还是不上？不能依靠灵魂，
但也不能不考虑肉体的沉重。

2019.7.12

鹅嫚湖

用泉水制作一个湖泊，用倒影
再造一座岷山，让走在岸边的丫头，
成为两个女神。
一个爱我，另一个更爱我。
湖水在复制世界，甚至
抄袭了天空。
如果我离开多年，影子还在湖里，
请不要用红色的嘴唇，
逼我说出秘密，也不要用手
拍打湖水，释放出不倦的波纹。
我宁可毁掉一个真迹，
也不交出复制品。
我宁可撕毁传说，也要守护她的心。
她不是谁。她是我的。
我们乃是一体。

你休想知道她的名字，正如你

无法从水中取走岷山，和我的倒影。

2019.7.13 甘肃陇南

大海

把大海的水全部泼掉，就会
露出鱼、珊瑚、贝类、泥土和岩石。不!
请留下这些苦水吧，世界需要一个大坑，
安葬沉船和死亡的河流。

罪恶需要深渊。远去的人，
也会回来，寻找前世的亡魂。
一个国家倘若哭泣，泪水和盐，
需要庞大的根。

我带你去认罪，路过海边并休息。
说吧，还有什么需要倾诉，请全部倒出来。
就像露出鱼、珊瑚、贝类、泥土和岩石，
大海干枯了，而你露出你的心。

2016.12.12

大海航行

星空里有大海的回声，也肯定有
我的倒影。在深夜，我认出一个光环，
但不敢前往。
神啊，我有一尺之忧，你有万世的虚空。

2016.12.13

第二次见到金沙江

第二次见到金沙江，
好像胖了许多，
流水上面，多了一些皱纹。
不至于吧？一年之隔，竟如此沧桑？
这一年，我去过梦境，
也曾多次去天上，寻找失踪的人。
回来后一切如故。
唯独金沙江老了，
这让我怀疑，
人的一生，短于一尺。
第二次见到金沙江，
我拍了拍它的水面，
说：兄弟，别急，慢慢流。
我对时间也说过同样的话。
但是，

时间是假的，它瞧不起我，

也不可能有回应。

2018冬日

渡口

在群山的缝隙里，金沙江是最低的，
沉船更低，千年过去了，依然在水底航行。

大江浩荡，总是在水深流急处，
历史发生弯曲。而群峰在侧，任其沉浮，
似乎永远不为所动。

兵荒马乱的战争远去已久，
而亡灵并未安息，
其中一人，使用了我的前身。

此刻，金沙江的水面闪着浮光，
有漩涡向我游来，并且知道我是谁。

在拉鲊渡口，在初冬，
那些隐身的摆渡者，占有了时间，
也被时间挡在了外面。

他们永远无法接近我，
他们已经不适合出现。

在群山的缝隙里，金沙江是最亮的，
太阳在天上发光，
却无意中照耀了水底泅渡的灵魂。

2018 初冬

过西江

西江肥胖，而且慵懒。
所以慢啊宽啊平啊，我都能理解，
深流早已安顿了波澜。当大船行至中游，
来点风行不？别磨磨蹭蹭行不？
在我们北方，河流暴躁，一日千里，
当然活着也是，来去匆匆，
什么也攒不下，却总有人，
不断降生。

2017.6.7 海寿岛

大凉山

大凉山的凉，是爽而凉。
峡谷不是冻裂的，嘴唇也不是。
为了说话，我沉默了多年。
为了接近天空，诸神居住在山顶。
我来晚了。
抱歉。
我做不了什么大事，
只是补个缺，替换天上的一颗流星。

2017.6

大渡河

缓慢，温柔，清澈，是不可能的。
在绝壁下，在大凉山里，在吓死人的
咆哮和轰鸣中，镇定也是不可能的。
大渡河太急了，它没有闲心跟你聊天。
它不容忍败笔。
就像人潮从地平线上涌过来，不可阻挡，
凡是人，就必须赴死。

2017.6.14 于甘洛县

过乌鞘岭

汽车开到雪线以上，光线变得稀疏，
像我见过的偷工减料的竖琴，只有三根弦。

既然阳光这么吝啬，我就不赞美了，但云彩
就在脚下，是否可以偷走一两片？

过乌鞘岭，坐税务局的车，我没敢造次，
只带走一些凉风和照片里压缩的群山。

2017.9.26

天门山

到了天门山，
就是到了天的门口。
到了天的门口，不进去看看？
不想想云彩是怎么生活的？
天空那么蓝，
我就不信，你对天空漠不关心。
在人间活多久，不到天门山，
也是个俗人。

2017.12.12

离开岱山

就这么走了？不是我想走，
是汽车太着急，是渡轮冲开海浪，
需要恰当的配重。是一群朋友需要
伸长脖子，望着我
从跨海大桥上疾驰而去。
是岱山在海里扎根，不愿再移动。
我必须走。我必须坐在天上，
飞机像一个包装盒，里面需要
一个豪华的真品。
是辽阔的北方，需要我降落，
是神累了，把留言写在我的心中。
我必须离开岱山，在一个下午，
在 2017 年 12 月 24 日，
风从世外赶来，
大海起身，为我送行。

2017.12.25 萧山机场

半个月亮照在沁河上

我来晚了，天上只剩下半个月亮，
勉强地悬在夜空。如果它啪的一声，
掉在地上，我会吓一跳，
甚至吓两跳。

夜晚的沁河格外安静，
半个月亮也就够了，太多的光，
真的没什么用。

我在沁河边散步，
整个夜空的星群，都跟着移动。

有必要这么隆重吗？有必要。
有必要这么凉爽吗？有必要。
有必要这么悠闲吗？有必要。
我自问自答，扑哧一声笑了。

月光撒了我一身。

半个月亮悬在天上，

直勾勾地看着我，像是谁的眼睛。

2018.7.19 夜晚，于山西沁源

长江

我都回到河北了，长江还在原地流动。
我都死过多次了，古人还在我的身体里，
坚持漫长的旅行。

是一群人排着长队把我送到今天。
正如长江源头，矗立着成群的雪峰。

如果雪峰追赶大海，我必须躲开。
如果古人要回去，我就让路，
送给他们足够的盘缠。

长江向下翻涌，却永世未能离去。
还不如我自由。还不如我痛快。

我都回到河北了，长江还在原地。
我都老了，时间也没能抓住我的灵魂。

长江啊，认命吧。

你走你的路，我过我的桥。

一万年后，我是我自己的子孙，还会来，

看你爬行。

2018.6.16

龙门吊

秋日下午，来自上游的风，
掠过长江村港口码头时，货轮已离去，
江面上，船只在航行。
我站在巨大的龙门吊下，仿佛瞬间
被吸入了空门。
不会吧？我曾经在北方，
迈着方步穿过彩虹，也曾经
释放出体内的史诗，迫使一个时代，
出现弯曲的可能性。
一个异数，
一个无法改写，
也不能被消化的灵魂，
是个硬物。
而此刻，龙门吊悬在我的上方，
天空变成了玻璃，长江在侧，
露出了铸铁的波纹。
我遇到了更硬的东西。

我遇到了大门。

这个门，是空的。

我既不在门里，也不在门外，

我在门下面。

我的心，已经被吊起来，悬在空中。

2020.10.22

在江阴

一个漩涡停留在江阴。
在三峡，我曾经见过它，从深流中浮起，
转啊转，宁可眩晕，也不肯沉下去。
那时，山脉尚且虚幻，许多人，
还远未出生。
说实话，我也没想到我会一再回到尘世，
有幸与它重逢。
历史的巧合总是这样神奇，
大到江河浩荡，小到一个微妙的时辰。
在长江边，我又一次看见它，
远离沉重的货轮，从水下忽然涌起，
而后不再褪去。
我对反复出现的事物，
并不惊讶，我也是，
今日在江阴，明日在江北，
再过一些年，我可能在人生的右边。
时间所改变的事物，

必是力量所致，

而推动这一切的大手，

我信其有，却从未看见。

2020.10.21

汨罗江

不敢在汨罗江里游泳，我怕遇见屈原。

我怕他带我回楚国，路太远啊不愿去兮，哀民生之多艰。

我怕他随我上岸，从湖南到河北，从河北到永远，

上下而求索，最终没有答案。

我怕他问我：魂归何处？

望着茫茫大国，

我低下头去，一再叹息，却不敢妄言。

2018.7

湄江

这也是江？
不足一丈宽，不足半尺深。

对，这就是湄江。
今年雨水少，湄江瘦成了薄片，
仿佛一张印刷品。

水太浅了，
甚至淹不死一个倒影。

我不禁哈哈大笑。不料，
两岸竖起了壁立的山峰。

我当时就被镇住了。
群山在侧，把天空切去一半，
去掉了白云。

湄江通过时，避让者住口，
吞下了自己的回声。

我是真的老实了。
叉腰的双手，立刻垂了下来。

后来我写道：
一条江，薄如丝绸，
其细微之美，不输于汪洋大流。

后来我查阅资料，得知湄江，
是长江支流的支流的支流的支流。

正如我，体内的血流虽小，
却已流经万古。

2018.9.15

涟水

照片颠倒的结果非常可怕：
山峦悬在上方，一条河流贴在天空，
站在河边的农民，头朝下，
就要掉下来，
危险随时降临。

正过来看，一切都坦然了：
夕阳越来越大，
落到山坳处，开始发红。
涟水上漂着一层浮光，细碎的
波纹下面，是下沉的火烧云。

有一个垂钓者，
代替了另一个垂钓者，他是新人，
依然在使用老灵魂。

我继续拍照，

河边的芦苇一起一伏，
为了配合我，甚至来了晚风。
涟水上出现了双重的事物，
倒影是违章建筑，
却无法拆除和搬运。

不仅是涟水，好像别处也一样，
河流一旦拐弯，历史就要重写。
只要真迹在，
以上文字，
可以随意修改，甚至直接抹去。

2018.9.16 于涟源

睡在天山北侧

前面一座高楼，
好像专门为了挡住月亮而建筑。
它若侧身一下，我就能看见完整的夜空。

天山已经沉睡，不能再打扰了，
隔壁的鼾声太大，震得我睡不着觉。

起来看月亮吧，
月亮一闪身，藏在了楼后面，羞涩了。
只有光，回荡在辽阔的夜空。

前面这座楼，可真是的，
正在我看月亮的这个时间，这个地点，
拔地而起，你能怎么着吧？

我得记住这个时辰，凌晨两点。
我得记住这个地方，新疆石河子。

我得记住我这个人，大解。

明月不常有，我也不常在。
明天我就会回到河北，河北是什么地方？
这么说吧，河北境内有一个城市，叫北京，
你们听说过吧？

睡在天山北侧，北京是个偏远的地方。
睡在高楼的后面，月亮是个传说，
看不到，只能献诗和神往。

2018.9.29 凌晨，于石河子

香山红叶

红叶并不燃烧，它只是挂在树上，
泄露一下血液的颜色，像烈焰
模拟一场无法救助的火情。

在长江岸边，在梅岭香山，
发烧没有限度，脸红不是病。
羞涩的人，只会更羞涩，不用遮掩
火上浇油的爱情。

我看见两个年轻人抱在一起，
茂密的红枫叶庇护了他们，意思是：
在此可以任性。

爱，就爱到死，
红，就红到透明。
不必考虑太多，
不用在树林里，

隐藏自己的姓名。

年轻人，愿你们越抱越紧。
我不说永远，我只愿你们，
爱到肉体的黄昏。

如果枫叶的红不够热烈，
就让铺天盖地的晚霞，从北方赶来，
我是北方人，那里的事我说了算。

老天真是给我面子啊，
就在我说大话时，
天边真的，真的飘来了绚烂的浮云。

2018 初冬，于张家港

在阴山巨大的斜坡上

一群蒙古马冲出了草原的边界，
进入云彩里。
天空躲在远处，甚至撤离了世界，
变成一块玻璃，悬浮在顶层。

在阴山巨大的斜坡上，
青草发芽的声音，
不会让人听见。
你只能看见大风追踪马尾，
向远方疾驰，
而牧人松开手里的鞭子，并未责备
翻过山脊的白云。

我认识一颗小草，去年它死在这里，
今年又活了，多么快啊，一年就是一生。

阴山有无数棵这样的小草，

而天空只有一个。天空有无数颗星星，
而太阳只有一个。此刻，
它正在天上燃烧。

一群蒙古马，
冲出了草原的边界，
进入了云彩里，云彩也在燃烧。
通常，进入云彩的马群会生出翅膀，
今天是个特例，
阴山稳坐在地上，是云彩在狂奔。

2019.5.8

翻看东湖照片

我已回到北方，倒影还在东湖里。
我已到达今天，而往日留在了照片里。
你看：
懒洋洋的睡莲躺在水面上，还在幸福
和做梦，云彩沉在水底，没有渔网
能够把它捞起。
美人在我左侧，太阳的反光映在她
白皙的脸上，而湖水微澜，
顺从了清风。你看：
那个拒绝拍照的人正在扭过脸去。
你看：
辽阔的东湖正在扩展，如果它忽然
立起来，像一面蓝色的墙壁，
我就会吓一跳。
我会倒退回几天以前，那时，
我匆匆赶往火车站，
一个熟人问我去哪儿啊？

我匆匆回答去武汉。
那时我还在北方，
只顾赶路，对东湖一无所知。

2019 夏

忆东湖

灯火越远，湖水越平静。
在东湖，我和友人，
曾经悠闲散步，
从湖北走到湖南，然后返回，
坐在湖边喝茶。
那时星星已经不多，不值得谈论了，
我们只聊天空，不谈天下的事情。
后来，话题跑到了天外，
湖北刮起了微风。
那时，死神还只是一个传说，
几乎没人相信。
所有的语言都是空的，
我们的嘴，只是一个容器，
失去了言辞。
直到无话可说，
我们就起身散去，

只有湖水在原地，
等待着时间的降临。

2020.2.18

王子湖

一个湖泊坐落在山巅，真的是
为了离天更近，接纳白云？
当天空和湖泊交换彼此的液体
镜子里的波浪和反光，会褪掉皱纹
在白马山上，阳光的颗粒
略大于珍珠，在湖面上
砸出密集的小坑
而在照耀和回映之间
空气是最亮的部分
这时，应该有一场精神大雾
从湖面升起，应该有一匹白马
驰过上苍，而对面的仙女恰好
在晴空下起身
倘若我，在错误的时间
错误的地点
抢先骑在云彩的背上
赴前世之约，请原谅我的鲁莽

和痴情。请允许我越过乌江
把诗歌贴在绝壁上
肉体一旦起立，天地就会让开
允许一个大我，穿过此生
真是这样吗？
真的如此幸运？真的是
我必来到这里
遇见，说出，然后离开？
当梦幻离开身体，云彩
离开倒影
我写在湖水上的字迹
渐渐沉入湖底，天空忽然放大
而我被瞬间缩小，孤零零地
站在山顶，还不如一粒微尘

2019.8.

夜宿白马山

夜宿白马山，大雨变成了窗帘
有人在天上说话，躲开了我的视线

我打开灯，看见时间停顿
至少有半小时，我呆立在窗前

白马也在雨中
白马是一座山

在雨中说话的人，我知道他存在
但从未谋面

大雨下了一夜，天亮后发现
群山奔往他乡，只有白马在我身边

2019.8.

潘安湖

初冬时节，潘安湖上雾气弥漫，
池杉，蒲草，黄栌，是否还有乌柏树，
在金黄的色彩中添加了火焰？

栈道穿越其中，湖水的波纹，
退向岸边。
刚刚画出的几只鸟，飞了起来，
它们跃起的树枝，正在微微颤动。

红衣少女，也有起飞的可能性。
她的风衣飘起了一角，
身体忽然透明。

这时，隐藏在天空的光，闪了一下，
我看到湖面上，倏然一亮。

起风了。

湖边上那些
绿的，黄的，红的，褐色的叶子，
都在动。确实是起风了。
风的上面，隐隐约约出现了
传说中的太阳。

2019.12.3

云龙湖

用两座山脉和一片草原换取云龙湖，
可能有点吃亏，但是值得。

云龙湖中有云龙山，
云龙山上有月亮，月亮下面有徐州。

徐州有三诗人：刘邦，西川，胡弦，
一个是先贤，两个是弟兄。

我有两座山：燕山和太行山，
我有几棵草和洁白的草根。

我缺水。我需要云龙湖。
我甚至需要一条龙，驾车来接我。

用两座山脉和一片草原换取云龙湖，
就这么定了，不再犹豫了。

有了云龙湖，我的心就会扩大三倍，
可以把祖国抱在胸前。

2019.12.4

大海是河流的故乡

大海是河流的故乡。
水要回家，人要回归泥土，
在永恒的循环里，没有真正的死亡。
当一个人用手拍打流水，
像哄孩子入睡，
我的脸转向了别处。
那时河流还小，
我也年少，
不懂事，
在风中轻轻摇晃。
人们都在风中轻轻摇晃。
做梦似的，水向低处流动，
河流两岸出现了
隐隐约约的村庄。

2020.2.17

远望云台山

有人要在天空里下棋，于是云台山拔地而起，制造了一个平台，在云中。早年我曾在山下仰望过白云，乌云，火烧云……也见过丽日腾空，中原大地向天边展开，人群暴露在黄河两岸，而伸着懒腰的神仙借助云气，隐藏其行踪。那时智者在高处对弈，永远不分胜负。那时星星还没有生锈，夜晚有多个出口，让拂袖而去者，闭着眼睛也能走到来生。那时天空并不太高，伸手可以摘下星辰。我记得我来自河流的北方，就简称河北吧。为了生我，祖先给我准备了一个国家，然后划出省份，配备了伟大的汉语，在体内，安排了一个诗神。那时火焰已经出生，但天空还未发红，人们在地上劳作，经常做梦。那时传说还在嘴里，一旦说出，就等于命名。那时我来到云台山下，本想写出内部发光的诗句，并在绝壁上，不留下姓名。当我看见了云台山，词语找不到岩石，话语失去了声音。云台山威胁了我，用雄奇和壮美，迫使我承认自己的渺小和无能。它把平原挡在山下，只许天风推动的云阵，趁乱越过山顶。它甚至挡住了时间，让摧毁一切的推手，软下来，承认它的永恒。它确实高耸。它确实险峻。它确实云气缭绕，与众不同。如今是 2017 年 5 月，我再次赶往云台山，再一次，被它的巍峨所征服。我不想看山里红色的峡谷，碧绿的深潭，飞流的瀑布……不想看它茂密的树林，珍奇的花草，以及断层下面的幽深和宁静。我只想远远地望着，在山前止步，看它的气势，它的造型，它的上方，被山脊截断的天空。我呆呆地望着，惊异，感叹，内心翻卷，哑口无言。我愿意一整天就这么望着，然后原路折返，回到河流的北方。在这里，我不提这条河流的名字，我只说云台山，只说山顶上那些看不见的人。他们白色的衣服在云彩里，飘，不住地飘，而云台山永不移动。是我们这些凡人，在大地上漂浮，构成肉体的潮水，不知疲倦，不能停息，一代一代，永世奔流。当我想到这里，天色大开，从云台山的绝壁上，泻下的阳光忽然一亮，时间告诉我：此时正午，万物光明。

2017.5.30

三江叹月

若不是腿短，我能追上月亮。
天空确实陡峭但也并非高不可攀。
在古宜镇，夜色有点虚幻，
灯火长出了绒毛，
而风雨桥闪闪发光，已经化为一道彩虹。
我喜欢走在天上，
但是月亮的右边最好别去，
那里的星星扎脚，而高处更空茫，
只有倒影在来往。
还不如走在江边，
起风的时候趁机飞起来，
我说的是灵魂，
不是肉身。
还不如对着月亮滔滔不绝，
把心里话全部说出而身边却空无一人。

2021.5.15 于三江县城古宜镇

夜宿三江

睡的正香，鸡鸣把我叫醒。
不知是谁家的公鸡，叫声这么短促，
一点也不悠长。
如果非要形容它，词语会拐弯，
去赞美星光。
我已忘记入睡的具体时间了，
那时星星正在漂移，
苍天传出了摩擦的声音，
而月亮已经渡过浔江，变得非常安静。
那时两岸灯火迷离，
有人进入了方形的梦境。
我就不说梦见什么了，
夜宿三江，
少于三个美梦，不值得炫耀。
我还缺一个，我要继续睡。
如果公鸡再次喊我，

我就起身掀开夜幕，

然后在浔江两岸同时狂奔。

2021.5.16 于三江古宜镇

绵山

天上飞来几个诗人，
而真正落在绵山的，是彩云。
可以肯定的是，悬崖威胁了天空。
我宁可在云端倒立，
也不放弃言辞，说出
内心的惊悚。
在平原边际，凡是突然出现的山脉，
都有其耸峙的一面，
要么你承认它的陡峭，
要么献出全部惊叹号，赞美它的高峻。
没有别的选择也不允许有。
当栈道向山里延伸，
隐入楼阁的仙女发来微信，
我差点飘起来，
幸亏我心里装满了石头，
而身影站起来，果断拦住了激情。
绵山使人沉静。

有人劝我写诗我说不不不。

我曾在天幕上刻写字句，

但不敢在绝壁上留下姓名。

我还不配与岩石长在一起，

无论是地下的岩浆，

还是高不可攀的辉煌的主峰。

2021.5.29 于介休

汾河

在汾河边行走，最好头戴光环。
如果落日的余晖越过吕梁山，直射到太行山上，
你的身影将被拉长，成为巨人。
我就不必了，
我只是想蹲下来，喝一口汾河水，
我只是想看一看水中的
另一个我，是否是一个永不绝望的老人。

2021.5.31

祁连山

舍我祁连山，河西无走廊。

舍我祁连山，白云悠悠无故乡。

西望昆仑，南接秦岭，青山白雪牧牛羊。

2021.7.29

大雕盘旋在祁连山顶

祁连山顶上，一只大雕在盘旋，
神不在的时候，它在巡视天空。
我若长出飞机的羽翼，
愿意垂直上升，把造物主接回尘世，
我若滞留在天堂，请让大雕替我飞翔。
此刻，牦牛聚集在山坡上，
吹口琴的牧人坐在影子旁边，
已经物我两忘。
有一个叫做太阳的星星，
曾经出现在他左边，我还记得，
一个名叫索南才让的兄弟，
浑身在反光。他的牧场，
一半在山坡，另一半
在传说中养育灵魂的翅膀。
我信他必有所成。
在祁连山，雪峰适于仰望，
透彻无底的天空适于信仰。

当牧人的口琴，
吹到无声处，
我的心忽然飞了起来。
你若看见了，请祝福我，
你若隐藏在云彩后面，请转告
那展翅翱翔的大雕，
我要的不是飞翔本身，而是获得天空。

2021.7.30

黑水河

月亮是磨圆的，卵石也是。
掉进河里的东西，都会被磨损。

源自冰川的黑水河是软体动物，
正在爬出祁连山。

水声已经遁入夜幕，
下沉的星星有望在气泡里安眠。

这河流啊永远也走不出山谷，
它在白费劲。

还不如立起来，流到天上去，
仿佛一缕炊烟。

黑水河缺少一个引路人。
于是子夜里，我起身奔向天空。

2021.7.22

江河水

一、出生

长江源头，水的前生是雪花，停留在山顶。
之后是融化的冰，松开透明的珠子，让它滚动。
最初的那一滴，一定是圆的，它的小心脏还没有成熟，
甚至还不能跳动。生命在开始的一刻有无数个惊喜，
但只需一个理由就可以诞生。
一滴水从母体上撕裂开来，带着疼痛、惊险和刺激，
也带着生命的密码，开始了自己的旅程。
像一个卵子开始于激情，终结于宿命，
水滴在出发时，获得了灵魂。
如果太阳也是圆的，在催生的那一刻，谁是父亲?
谁是太阳之阳，俯身在太阴之阴?
一定有一个来自上苍的男神参与了创造，
把他的光储存在液体里，
像传说在嘴唇上颤动。
一滴水来到了世上。
它来时，大地已经具备了接纳的能力，早已把污浊

推到腐朽的人心里，等待一个干净的婴儿
在光中莅临。
是的，光已经莅临。
江河已经有了最初的一滴，我们称之为源头。
光的源头在哪儿？当我开口，
在自己内心里听到了回声。

二、赴命

像血脉传承在族谱里，无数个水滴
闪着内部的光泽，集结成群，开始了流动。
所谓逝者如斯，说的不是速度，而是命运。
没有长度的河流算不上大河，
没有坎坷的河流不可能有激情。
它不可能咆哮。
它无力把下沉的波涛埋葬
在自己的腹中。
它应该活过，死过，带着刀伤和疤痕，
从地上走过，留下血迹与吼声。
人的历史太残酷，不比也罢。
联想太宽阔，容易漫过河床，留下太多的污痕，
我认识的河流从高处下来，有着透明的身体，像玻璃
排除了火焰和灰烬。
它有自己的使命，它必须匍匐在地，

像一个朝圣者，俯下谦卑的身体。
它有泪水的质地，
却隐藏着血液的漩涡，
像暴露在体外的血管，敞开着，
里面滚动着石头和乌云。
没有什么能够阻止它前进。在它的行程中，
山脉应该退到峭壁后面，天空应该留下倒影，
水应该激起浪花，泥沙应该趁机而下，
而一个诗人，应该跪下喝水，在河边
写下危险的词句，然后把它们嚼碎，
咽下去。

三、集合

一滴水进入大海，等于一个人跻身于群众。
在茫茫人海中，我探视过人世的深度，
但没有找到时间的根。因此，
我常常有一种飘浮感，仿佛肉体就是浮云。
我沉不到人类的底部，等于一滴水漂在海面，
或者处在边缘。
个体的孤独是绝对的孤独。
除非融化而融化不是消失，是泯灭了个性。
我一旦离开我，就会被人类淹没，
像大海稀释开一滴水，把它疏散在汪洋之中。

谁的身体曾经无数次分解，
从一到二，从二到三，从三到无穷？
一个人不断走出自身，就会成为一个系列，
直至成为种群。
身体中的我，是本我。
无数个我，是我的扩散和延伸。
我们集合在一起，飘浮，游荡，漫流过尘世，
涌起人类的波涛，沉下肉体的灰烬。
人潮太肤浅，不足以构成深渊。
肉体太松软，经不住时间的摧毁和土地的吸引。
历史太板结，即使不断叠加，只能构成悬崖，
未来太虚渺，一脚不慎，就会踏入空门。
但集合者依然在集合，从古老的身体，
从四面八方，进入这个世界，
有如水滴追赶着水滴，河流纠缠着河流，
语言在诗中汇成大海。
我变成了我们。
我们在集结，我们在生存。
我们是一个整体，我是其中的一部分。
我是一个整体，我的子孙是其中的一部分。
我的子孙流动着，像河流
构成它自身的历史。
人类的历史比海洋辽阔。
我们平铺在世上，像风

从皮肤上擦过，把时光吹起的波浪，
变成皱纹。

四、牵魂

日神召唤着我。日神是我父亲。
我就是那滴水。我就是那个人。

我已经出发了很久，抵达了很久。
万物在互化，谁是我的真身？

谁，藏在我的后世，
一千年，一万年，不肯出面？

我的序列太长了，不见头尾。
我的形态过多，已经混淆了。

我几乎是一个大海，不，
我是一单身。

日神在天上召集闪电，
我必须献出我的灵魂。

为云，则随风而去；

为光，就烧毁命里的灰尘。

你看那些云霓，已经聚集成片，
那里定有我的先人。

我蒸发了。飘了起来。
像一场梦。

真的像一场梦，我来到了天上。
像往年一样飘浮，等待重临。

五、重临

必须回到地上，我才能安心。
雨滴有透明的心脏，我有泥土的属性。
我必须回去。一个种族
需要我拉住他们的手，在旷野里赶路，
历经死亡而不松开。

我需要一个身体。
云彩需要一个土坑，生下啼哭的小雨珠。

有没有别的办法，让灵魂着陆，
而不引起大地的颤动？

我是说，让雪峰直接插入云端，
采集天上的花朵。或者在密集的行者中，
软化时间的硬度，加大肉体的弹性。

人世太扁了，落在哪里都是男和女。
生生而不息。生生而循环。
雨丝回到了河流，逝者回到了当年的老窝棚。

一个新人来到旧世界。
一滴雨变成了冰，停留在山顶。

在长江源头，我看到它融化的那一刻。
而在人类的源头，我没有找到
最古老的泥土。造人的泥土已经用尽。
我们只能用肉体，更新自己的生命。

人世，太深了。
我进来以后，再也无法走出去。

2011.8.5

河边记事

1

小河水浅，慢慢流。
来自往年的风，由于散漫而变成了空气。
已是下午，时间在水面反光，有减弱的迹象，
天上飘浮的云丝，也将散尽。
天空就要干净了。不该出现的一群鸟，
凌空而过，转瞬消失在倾斜的光线里。

2

一群鸭子在浅水里游弋。
远处有冒烟的人家，
看不见狗，但是传出了叫声。
或许还有鸡，在树荫下散步。
鸡若学会游泳会下出鸭蛋。狗就不必了。
在下午，世界已经完成了分类。
草是草，水是水，而石头

安静如初，懒惰地躺在河床里。

3

傍晚的太阳会变大，
而一个老人会缩小，甚至弯曲。
他出现在河边，身影越拉越长，
无意中从体内，
分泌出一个虚幻的巨人。
年少时他曾在河边奔跑，
倘若他一直往回跑，将回到女娲身边，
变成一块泥巴。
我的天啊，不敢想了，
我是不是遇到了人类的祖宗？

4

大地再倾斜几度，人类就会下滑，
像河水流向低处。
河流的法则是：一直往前，
到了大海也不回头。
我就佩服这样的事物。
我也佩服那些死在往年的人，又回来，
换个身体继续生活。
他们已经找到通往来世的秘径。

不能再说了，一旦他们扛着撬棍走来，

把大地翘起一个边角，我就站不住了，

我会倾斜，像河水流啊流，直到最后，

还在流。

5

天空里有一个太阳，

倘若再出现九个，也不是没有可能。

现在已是傍晚，那个走在河边的老人，

布袋里究竟藏着什么，谁也说不清。

他出现的时候，有人在西天纵火，

更多的人假装走路，实际是在逃避，

不愿承认大神在远方拉下了白昼的帷幕。

会不会有无数个太阳缩小成星星同时出现?

我经历过那样的时光。

我活过。我也老了。

我的体内，住着一个传世的灵魂。

6

不能过多猜测，也没有必要

对一个老人疑心。跟在他身后的狗，

是来找鸭子，而那些躲避鸭子的鱼群，

正在河里寻找它们的妈妈。

傍晚了，光是珍贵的，
老人的布袋里，装的可能是火种。
也可能是空气。
赶上歉收年景，空气也能充饥，
老人不会轻易放弃一场大风。

7

傍晚了，大河流入国家版图，
小河守在乡村。
在大人物眼里，那些瞧不起的
微不足道的小溪流，也有美丽的风景。
炊烟，鸭子，狗，老人，布袋，
鱼群，波浪，卵石，草叶，清风……
夕阳就不用说了，那可是个好东西，
它不能死，它必须回来，
它回来是时候，我们称之为黎明。

2017.5.15

太行游记

一

我们经过一面山坡时　松鼠受到惊吓
一下子蹿到树上　然后停在树杈上往下观望
这一切发生得非常突然　当你缓过神来
注视它　它已经在别处隐身

初夏的阳光照在阴坡　并不炎热
但气温明显在上升　在我们走过的
林间湿地上　有几只野鸡的脚印

太行山往往是这样　要么悬崖直立
要么峡谷幽深　当你走在谷底
会看见岩石内部的阴影

说不定什么时候　松鼠会再次出现
它在石头上跳跃　有时捡起一个东西
抱住　转动　啃　然后迅速放弃

它的两只小爪子慌张而灵敏

这时有人喊了一声
我们也跟着喊了起来
在我们喊叫之前　太行山是静的
就是一块石头暗自挪移　也会引起轰鸣

二

邻近中午　我们到达了山巅
五月的山巅　低于六月
更矮的山巅被天空缩小　让人蔑视

有人凭高远眺　有人在大喊
而我认为山巅是用于滚石的
但我不敢造次　忍住了冲动

这时太阳的光束垂直而下　混合着空气
构成了暴力　在光与光之间的缝隙里
时间露出了它的密码　可惜我无法破译

相对于时间和暴力　山脉显出了耐力
而我就不同了　我必须在天黑以前下山
否则我将被留在天上　被迫发光

或者蒙面而行　不敢留下足迹

三

太行山的黄昏来自山洞
要么就是来自老人的内心
在下山的途中
我们遇见一个皱纹大于皮肤的人
他说　天快黑了　于是天就黑了

这个老人是谁　无人知晓
而我是谁　竟然也难以自辨

夜幕降临时　太行山是含糊的
如果再犹豫片刻　你将被抹去
只留下一个姓名

幸好山下的灯光次第亮起
有人用暗号与神通话　点亮了星星
在我们到达客栈以前
太行山已经完全融化
在夜幕里　几乎无法辨认

四

夜宿太行山　一群人都很兴奋
唱歌　聊天　折腾到后半夜
有人提出摸黑上山　有人吓破了胆
在星光下吐出苦水

最终　人们还是睡去
大睡者脱光了衣服　鼾声如雷
失眠者辗转反侧　双目失眠

我乘人不备溜出了客栈
数了数星星　发现少了一颗
天上可能出事了　我这样想时
远处传来了犬吠和鸡鸣

这里顺便说一句　山里的星星大于鸡蛋
但小于西瓜　至于芝麻大的灯光
就不用提了　凡人类所造之光
都将熄灭　只有神的家里一片辉煌

2010.5.6

太行山（叙事诗）

1

太行山，在王屋山以北，燕山西南，
连绵千里，其间有水系，名曰河流。
河边有屋舍，田畴有耕耘，不觉年深日久，
忘乎所以也。

2

一日，得闲，来到山中。
我并无要事，只是拜访一位兄长，
由于年深日久，我已忘记他的姓名。

3

在太行山里，没有确定性。
当微风起于水底，山巅会在波光里，
轻轻晃动。
一个人出现在河边，会倒立在水中。

我认识他的时候，云彩刚刚发胖，
还不到下雨的年龄。
那时山脉还在生长，诗歌停在嘴唇，
找不到可靠的声音。
我在河边，
坐了很久，直到夕阳
从东边出来，我才起身。

4

今日，云彩有些慌张，似有大事发生。
它们越过太行山时，发出了摩擦的声音。
果然不出所料，一个人拐过山湾就不见了，
若是往常，天空会出现倒影。
而今日不是。
今日是日历之外的一个日子，常人难以发现。
我也是，误入这个时代的一个外人。

5

今日我要同时赶往几个村庄，
去拜访一位兄长。
他吃土豆，喝井水，凿击笨重的石头。
他消耗了几辈子的力气，用于凿石头。
有时，他也搬运山脊后面的火烧云。

6

微风里飘浮着多年前的喊声。
我一听就知道，他来过这里，他走后，
在空气中留下了姓名。
太行山的记忆有点模糊，明明是忘记了，
不定何时突然想起。你以为记住了，
却连人带梦一起，
沉默在土壤里，永远失去回声。

7

在乱石滚滚的河滩里，我遇见了他，
背着石头走路，压迫使人变形。
汗水流进嘴里，嚼碎了，咽下去，
他一声不吭。
他看见我，并不停下。
若是往常，他会伸出手，
向我借火，或者索要一颗炊烟。

8

出现。出现。出现。总是出现，
这个似曾相识的人。
他的目光不是光，而是一种表情。
他的嘴，是话语的容器，里面装满了声音。

他的脸，一旦转过来，我就必须认识他。
他总是出现在
我要到达的地方。
有一次我后退十里，
还是没能躲开他，
他无处不在，他是许多人。

9

今日，他的笑容有些模糊。
他的脸，隐藏在胡子里。
他看着我，两只眼睛里各有一个人。
他垂着愚公的手臂，却雕琢石匠的花纹。
他养了一群狮子。是的，他从石头里，
救出一群猛兽，归还给造物主。
传说他是伏羲之子，
他有一个妹妹，嫁给了山神。

10

在太行山里，我还认识夸父的弟弟，
曾经是个猎手，如今放牧白云。
我还认识后羿的传人，成了太阳的守护神。
我还认识嫦娥，如今住在月亮里。
我还认识女娲，她有成群的子孙。

我还认识我自己，照镜子时，
我发现我是两个人。

11

正午以前，我见到的每个人，
都可能是他。
当我拉住其中的一个，认定就是他，
太阳突然停住，愣在那里，不动了。
早已凝固的悬崖，
迎面而来，
裸露出断裂的岩层。

12

他拥有一个采石场，
雕凿工地上，聚集着狮子，
小狮子和大狮子，孩子和父亲。
他一边说话，一边雕凿，
他一边雕凿，一边看着我。
他试了试，把我抱起来，
搬到了别处，
仿佛我是一个石雕
的半成品。

13

我们的相见非常简单，
就那么几句话，反复说，
从上午说到下午，从悬崖说到黄昏。
当他的面孔不断变幻，
我并不惊讶，而是相信。
我知道其中的秘密但不求解。
我熟悉他的每一生。
在太行山里，
我能叫出万物的乳名。

14

傍晚时分，终于歇息了，
我和他坐在河边，
看见夕阳褪掉绒毛，变成一个胖肉蛋，
我们不再说话，一起默默地享受
黄昏偏爱症。
当暮色黏稠，越过群峰的晚霞越来越慢，
天边的大幕缓缓落下，
他就走过去，帮助那个庄严的谢幕人。

15

等到他回来，夜晚已经降临。

钻出山洞的火车，又钻进了山洞里。
陷在沙坑里的拖拉机，冒着烟，
回到了
不该去的地方。
在灯火的外围，群山已经逃跑，
只有老实人呆在家里，
那些灵魂发光的人，都已回到了星空。

16

我是没有希望进入星空了。
我有恐高症。我宁愿生活在地上，
与兄长聊到深夜，直到时间凝固，
石头在梦中苏醒。
那些悬浮在天上的石头，都是我的。
它们发光，是为了让我看见，
却在不经意间装饰了天穹。

17

那些悬浮在天上的石头，都是我的？
是的。都是。
我非常不自信的回答了自己的提问。

18

山里的夜晚具有诱惑性。
我想在夜色里走走。
我想领着狮群狂奔。
我想借用石匠的凿子，
修改一下自己的身体。
我想把一座难看的山峰搬到远处去。
我想趁人不备走到身体外面，
干点坏事。
没想到，我遭遇了星星的跟踪。

19

在太行山里，
一旦被星星盯上，你就很难脱身。
整个夜空的星星都在看你，
垂直的光，
直下天顶。
你能够感觉到，
有一个幕后人隐藏在星空后面，
操纵了整个事件，
但你无力摆脱，你必须认命。

20

幸好我没有走远。幸好我身后，
有一个悠长的喊声。

我回来时已过子夜，万籁俱寂，
做梦似的，远近的村庄里传出鸡鸣。

先是一声两声，而后连成一片，
更加深了夜晚的寂静。

我仰望夜空，发现星星左边，
有一串神秘的脚印。

我的兄长不见了，莫非他已起身？

21

月亮上，传来叮叮的凿击声。
谁在那里干活？
谁，布袋已经满了，还要更多？
他的行动看似隐秘，终究还有明眼人，
发现了他的踪迹，并在族谱中，
指认出他的姓名。

22

是的。黎明之前，盗火者已经归来，
从天上带回了火种。
我认识他的锤子和布袋。
我熟悉他的声音。
黎明之后，他已穿过密径，
还原为普通人。
他可能在雕刻也可能
假装在走路，而实际上，
他已完成了任务，正在给主人报信。

23

他，到底是什么人？

24

黎明时分，他只剩一个背影。
这时天空蒙昧，纵火者从远方赶来，
点燃了群山后面的薄云。
先醒者正在召集众生。
神在暗地里点名。
我看见天边的大幕徐徐开启，
地上隐隐约约出现了人群。

25

太行山，在王屋山以北，燕山西南，

连绵千里，其间有水系，名曰河流。

河边有人，生生不息，年深日久，成为族群。

我在其中，见证人们出没，

记于此，恍恍惚惚亦不知其万古也。

2019.1.18

燕山（叙事诗）

0

在朔风以北，有一座山脉绵延千里，名曰燕山。
山间沟壑纵横，河汉交流，民舍散落，人神共居，
其风淳朴，其人高古，其众不可胜数也。

1

在大雪覆盖的北方，有一个长老，
徒步回到燕山，从远方带回了火种。
人们翻看了他的布袋，有人说是燧石，
有人说是星星。还有人矢口否认，
说长老并无其人。
长老捋着他雪白的胡须，察觉到
他身后的山脊上方飘来了黄昏。

2

夜幕从不突然降临，先是晚霞起飞，

在天上燃起一场大火，而后慢慢烧成灰烬。
燕山的峰峦重叠在一起，变成一道剪影。
灯火总是最先出现在天上，向人间漫延，
那微弱的光，就是长老所爱。
他的布袋里不可能是空的，
他是燕山的长子，也是一群人的父亲。

3

长老的目光非常坚定，他说：
可以肯定的是，灯火大于星星。
他又说：围绕灯火，神的孩子小于幻影。
他说话时燕山当即融化，变成了
月光里的梦境。
我曾在模糊的夜晚反复出没，也曾经
露出闪光的脑袋，隐藏在门缝里，
不敢说出前生。他继续说着。
总是在这时，整个村庄的灯火次第亮起，
火苗由红色变成黄色，而星星
一旦被人偷走就很难归还，
我知道盗火者，都是些什么人。

4

1960 年我三岁，亲眼看见长老，

背着布袋从远方归来，大雪埋没了他的脚印，
仿佛他是一个无迹可寻的人。我怀疑他
是假的，而他彩色的身影和嘴里呼出的
白色雾气，他散发在风中的
越飘越远的声音，
他雪白的胡须，透明的灵魂，
都足以证明：他必须存在，且不能死去。

5

再往前追溯，我两岁，而长老，
似乎与燕山同龄。
他已无数次更换身体和姓名。
他结拜星星是由于怕黑和胆小，
他点燃灯火是为了做梦。
有时他走到人生的外面又迂回而返，
有时又过于执着，一条道走到黑。
没有人能够挽留和劝阻，
他总能找到火种并且
往返于生死之间。
他说：有一点点光，就可还魂，
找到故土和亲人。

6

1957 年是个分水岭，
此前的燕山并不寂寞，但是缺少一个人。
此前的岁月深不可测，我在其中
只是一个倒影。
我来后，群山默认了现实而河流在逃跑，
那慌张的样子，仿佛我是追问源头的指证人。
而实际上我仅仅是
打开了人间的一道门，问了一句：
什么是此生？

7

那时，泉水从岩石的缝隙里流出，
小路细如麻绳。在烟霞里迷路的人走到了
不可知处，回来时变成了他人。
那时，河流经常飘起来，夕阳像皮球弹跳不止，
孩子们越追越远。而在生活的反面，
总有拒绝出生的人躲在时间深处呼呼大睡，
迟迟不肯起身。

8

一群孩子中必有一个跑在风的前面，
去传递人所共知的消息。

那时火种已经传到我手上，黄昏降临至
河流西岸，我因狂奔而导致大地后退，
差一点儿失去体重。
幸好时间是空的，而暮色软如棉絮，有月光
顺着燕山的斜坡流下来，
发出了泉水的声音。
我顾不上这些，我只顾奔跑，
我气喘吁吁，满头大汗，仿佛神的信使，
去传递一封没有接收地址的秘信。

9

大海曾经站起来，后来趴下了，
而燕山从不变形。
即使是来自天空背面的人，
也要在燕山下歇脚，倒出鞋里的沙子，
擦拭体内的灵魂。我略微知道一些
去往未来的路线，
我探测过未来的长度。
如果身后能够长出两个身影，我将飞起来，
俯瞰燕山，领略它波涛起伏的群峰。

10

长老是跟随一条河流回到燕山的，

他的血脉中泥沙俱下，而我顺着河流，
去传递一颗火种。它也许是
月亮的碎片，也许是浩渺夜空中
一颗发烫的星星。也许，
他仅仅是一块
暗藏火焰的石头。
我接过了它就必须传下去，
也许我的奔走毫无结果，但我必须奔跑，
因为我是报信人。

11

历史凝结之后归于寂静。
而在生活现场，大地是活跃的，
每个人都在动。我所经之处，
蓝色天空覆盖着
万古之梦。
是谁，比幻影更虚缈，
摆着手，徒步走过苍茫的一生？
我看到地里干活的人，走出村庄的人，
回来的人，糊墙的人，捅破窗户纸的人，
纺线的人，织布的人，在炕上生孩子的人，
走在河边的人，从井里打水的人，
赶集的人，编织席子的人，

赶牲口的人，说书的人，
放羊的人，耕种的人，收割的人，
扒除屋顶茅草的人，盖新房子的人，
拍打尘土的人，嘴里冒烟的人，
用袖子擦鼻涕的人，
烧火做饭的人，喝水的人，
吃饭的人，睡觉的人，醒来的人，
刚刚出生就急忙死去的人，
死后又回来的人……
老人，孩子，男人，女人，
来来去去的人，数不清的人，都在动。
我看到一个一个的人，
组成了人民公社。
放眼望去，到处都是人民。
我要把火种传给谁？他在哪里？
不待我发问，时间已经冲出山口，
呼啸而来把我卷入了其中。

12

燕山有深深的皱褶和阴影。
炊烟起处，必定隐藏着梦境。
长老说过，灯火未必真实而小路一旦缠绕，
必有驼背人深陷其中。果不其然，

河流经过一个村庄时，绕过了
他们弯曲的背影。
弯曲的人太多了，
天空巨大但是并不构成压迫，
是命运的沉，有不可承受之重。

13

一个生于燕山的人，必须认命。
一个生于燕山的人，有可能被人
往死里追问：
你是哪里人？你贵姓？
你吃了吗？你饿不？你饿死过几次？
你累不？你病了？你是否还想活下去？
你怎么活？死活还是生活？
你去哪儿？你还将去哪儿？
你，三生以前，
是否见过一个莫须有的人？
不要嫌我啰嗦，我必须要问，
因为我要传递火种，
我必须要找到那个上苍指定的受命人。

14

假如世上有一个不存在的地方，

我一定要找到它。而一个深陷于尘世的人，
我不敢说必能遇见，遇见了也未必相识，
相识了也不一定交心。但我确信，
这个人就在世上，他不在此世，就在来生。
如果他尚未出生，我就等待，
如果他在远方，我就继续狂奔，
如果他已经死去，
我就回到往日，找到他本人。
如果他早已在天空里安家，
我就顺着梯子，接受星星的指引。

15

长老说过，必要时可以越界，
去往神的家里，也可以坐在燕山的石头上，
看过眼烟云。如果万籁俱寂，也可以
倾听自己的心跳和血液流动的声音。
那古老的源头是多么遥远啊，
当你望见了自己的来路，
也就知道了去向，
你是你自己，你也可能是一群人。

16

长老说的没错，果然，

在血脉转弯的地方，我遇到了一群人。
他们各忙各的，假装看不见我。
他们耕种，生育，纺线，织布，
他们需要光，灯火和太阳交替使用。
他们不知道我已出生，
也不知我是谁，
他们已经忘记了自己。
当我突然出现，
向他们走去，却发现，
这些忙碌的人们，是一群幻影。

17

时间是透明的屏障，挡住了古人。
隔着无数岁月，我看见他们弯曲的身影。
其中一人径直向我走来，
他轰然倒在途中而影子忽然站起，继续走，
他几乎到达了今天。
他的血管里有隐秘的源流
和来自上游的擦痕。
他有泥做的嘴唇和裂缝，
他有飘忽的眼神，迷离的魅影，
当他走到我对面，我看见，
他脸上的胡须变成了根须，

他下垂的手臂是两个悬念，没有着落，
他向我发出了空虚的呼喊，
却从我身体的绝壁上，返回了
万物交杂的回声。

18

他是谁？我是谁？
我还有多久？
我大概还能记得出发时的情景：
长老从布袋里掏出火种，说：
把它送到远方去。
我去？
是的，你去。
远方在哪里？
远方就在远方，
你自己去找。
说完，长老转身而去，
融入模糊的灯火中。

19

长老也不知远方究竟在哪里。
我也不知道，但我使命在身，必须走下去。
我怀揣火种，越走越快直到跑起来，

而后是狂奔。渐渐地，有灯火跟随，
我有了使命，也有了激情。
我甚至有了飞翔的渴望，
一旦我超越了自我，
人们啊，请不要手拉手截住我的灵魂。

20

多年过去，
我只是找到了前方，并未找到远方。
我遇到了无数人，走出燕山的人，
回归燕山的人，飘忽不定的人，
潜入地下的人，刚刚来临的人，
耕种的人，盖房的人，修路的人，
负债的人，拉着行李箱走出车站的人，
站在路灯下打电话的人，发短信的人，
坐在车里的人，两腿岔开的人，
背手走路的人，挖鼻孔的人，
路边铺子里卖烟酒的人，
醉眼迷离的人，志得意满的人，
结婚的人，离婚的人，出殡的人，
读书的人，跑进幼儿园的孩子，
死在医院的人，治病的人，
尚未出生的人……

男人和女人。
当我在一面镜子里突然发现我自己，
我惊呆了，这正是我苦苦寻找的
白发苍苍的老人。

21

镜子里，
这个白发苍苍的老人，
向我走来。
他走出了镜子，继续走，
他走出了自己的身体，继续走，
我看见他的灵魂，
坚定地，
向我走来。
他没有停下的意思，
而我也不躲避。
仿佛一切都是必然，
这个灵魂，
和我迎面相撞，
他进入了我的身体里，
他和我合而为一，
成为一个人。

22

在

日历之外的一个日子，

在一个不存在的地方，

一个不确定的时辰，

我，

不走了。

我已经走了一生。

我已经找到了火种的接收人。

这个人已经来到我的体内，

只需要，

一个庄严的时辰。

连我自己也没有想到，

会有这样的一天：

在望不见燕山的

一座平原上，

我停下来，

对着落日，

悲壮地，

毫不犹豫地，

吞下了这枚火种。

23

长老说过，万物都有归宿。
但我从未想过，
远方就在我的心中。
我苦苦奔走，
而我就是那个
让我寻找了一生的
上苍的受命人。

24

吞下火种后，我的心就燃烧了。
吞下火种后，我的胸脯里就点燃了一盏灯。
吞下火种后，我就浑身透明，变成了赤子。
我用我的身体，我的命，完成了自燃。
我得到了光，
我发出了光，
成为赤子后，我失去了阴影。

25

多年以后，
燕山知道了我的一切。长老也知道了。
他捋着雪白的胡须，坐在石头上，
提到了我的姓名。长老的布袋里还有

用不尽的火种。

人们翻看了他的布袋，

有人说是燧石，有人说是星星。

有人矢口否认，说长老并无其人。

而我确信，长老，

是燕山的长子，也是燕山的灵魂。

26

长老对着远方呼喊，赤子啊！

我在千里之外听见了，轻轻地答应了一声。

27

终有一日，我将回归燕山。

那时，往日的群峰依旧起伏跌宕，

大海趴在山外，伪装成一个水坑。

山里的人们早早起来，开始一天的忙碌，

死者在酣睡而未生者

随时准备来临。

母亲们已经起来，轻手轻脚地

打开了窗子，

万物都在苏醒。

一个新的黎明正在到来，

我看见血红色的霞光中正在升起的

那个古老的，燃烧的，传说中的太阳，
正是赤子的父亲。

28

在朔风以北，有一座山脉绵延千里，名曰燕山。
山间云雾飘渺，烟霞弥漫，劳作的人们世代生息，
苦其肉身，传其魂魄，仰赖其天高地厚也。

2021.3.24

史记（叙事诗）

王杖子

0

这是一个指定的村庄

某年某月某日　到此报到

我必须从命

1

我出生时山村已经老迈　荒凉而贫寒

路过的诗神转身就走

让我捡了便宜　从此开始漫长的一生

2

从出生起　我的票据就被人拿走

我的身体只是个存根

3

世界留下最后一块净土　让我发芽

长成巨人

4

在这里

生活没有边缘　灯火就是核心

5

这里一切都是透明的

时间和空气在互换　水里含着光

一眼可以看透整个农耕史

6

这里平静而安逸

鸟蛋安于小窝　从来不羡慕飞机

7

这里　记忆和梦境混在一起

风中时常出现古人

8

这里灯光长满了绒毛　月亮也是旧的

人们长着前世的面容

9

这里来过很多人　渐渐都走了

他们在坟地里聚集和隐居

来者藏在身后　迟早要现身

10

曾经有过红日　被苍天收回了

多年以后　我得到了光环

11

全世界的人在我旁边生活

啊　谢谢你们的陪伴

大汇合

12

我家南面有两条河

相遇时互送秋波　害羞时泛起晕红

13

一条河流　加上另一条河流

等于两条河流

它们在交汇处结婚

14

青龙河　起河　都有母乳的味道

拆开可见露珠　撕裂不留伤痕

15

我的身体一旦破口

会流出河水和基因

16

临水而居　听惯了鱼群的呼喊

会把它们当作亲戚

我能叫出它们的乳名

17

两岸密集的树林挡住沙滩

水面上留下了我童年的脚印

18

我是河神的朋友

我们结拜的时候　月亮跳进水底
为我们做证

19
后来一个村庄来到岸边
取名大汇合　我的朋友河神
做了船工

小路

20
一条小路通向树林　另一条通向山顶
还有一条过于弯曲
曾经被人拉长　向世外延伸

21
我认识一条秘径　可以穿过河流
通向无人之境
那里阴影易碎　遇火而融化
到了冬天　月光也会结冰

22
小路习惯于爬行
一旦它飘起来　有可能通向天空

23
我跟在梦游者身后　走了三年
直到中学毕业才发现　他有一个彩色的身影

24

在空旷的山脚下　总有风

掀开我的衣角　看了又看

25

有人怀疑我有翅膀

但始终没有找到证据

26

我见过一只鸟在路边读书

多么认真啊　真是小鸟依人

27

它是我的同学　不

它来自梦境

双山子

28

两个山包挨得很近　就叫双山子

山前有一个集镇　有人曾经在这里

秘密收集乌云

29

我到集镇去　纯属凑热闹

顺便带走一些街上的灰尘

30

一万多人聚集在土路边　行走和交易

一旦流霞混入其中　就会泛起红尘

31

就是在这里　我见过镇长

他的嘴里冒着烟　手背在身后

眉头紧锁　正在为镇上的事而苦恼

32

如果两座山同时挪移　会把我夹扁

幸亏任何时代

都必须留下一个夹缝

33

我从集镇走出时雷声隐隐

在低垂的天幕里

凡是冒死钻过闪电缝隙的人

都获得了穿越未来的通行证

34

双山在我身后　被黄昏包围

人们纷纷传说　有人在暗中

迫使那收集乌云的人松开了口袋

青龙河

35

路过青龙河时　露水正在天上集结

一旦有人大喊　就会有暴君越过山脉

携带上苍的瀑布向河谷逼近

36

我喜欢骤雨初晴的一刻　天光斜照
青龙河上架起高大的彩虹
木船漂在水上　草帽遮住船工

37

每到春夏　挤在一起的卵石将生出水鸟
如果月光正好　你可以在波纹散处
看见透明的水神

38

倘若一群孩子在河边戏耍和尖叫
请不要上前阻止　他们都是泥做的
一旦受到惊吓就会融化　立即更换身世

39

青龙河允许炊烟
覆盖两岸的村庄　也允许逝者
违背乡约　在夜里回来看望亲人

40

我有三个故乡
村庄　墓地　母亲
都在青龙河边

41

当大雨和黄昏同时降临
闪电挥舞着鞭子　总会有人
冲进乌云　抱住雷霆不放

42

他是青龙河的长子

隐居在山里　没有人知道他的姓名

南风

43

南风来了　石头躺在树荫下乘凉

新婚的麻雀脱下小棉袄　幸福地

为第一枚蛋宝宝取好了姓名

44

南风来了　耕作的人们在田野

纺织娘在织布　卖香油的货郎

摇着拨浪鼓进村

45

南风来了　野花竞相开放

懒虫已经苏醒

蚂蚁费力爬到树梢　无事可做又爬下来

攀上另一棵树

46

一片发胖的白云被群鸟追逐　逃向山后

天空留下翅膀的划痕

47

南风来了　万物都在彰显着活力

我用袖子擦去汗水　快步走着

仿佛体内住着一个新人

修路

48

为了拓宽道路　全村人一齐用力

把北山推移三米　路一下子宽了

49

几只麻雀阔步走在新路上

不住地赞叹　好宽的路啊

50

一股清风从县城出发　专程而来

全村的树叶集体拍手　表示欢迎

51

老王从石头上站起　跟陌生人握手

老王老了　说话有些慢　但仍是王

52

王说　把黄泉路也加宽一些

王还说　要避让散步的亡灵

53

王说话时　身边的人们都在摇摆

远处刮着风

54

远处　出现过仙女的山巅

飘起了彩云

55

人们在修路　全村的人都在用力

王也出手了　王的手上长满了皱纹

晒月光

56

夏日夜晚　晒月光的人们坐在村口

月光里有凉风

57

同一个故事讲了三遍　又开始了

人们津津乐道　继续听下去

58

起初　地上的月光是薄薄一层

随着越积越厚　慢慢开始流动

59

在月光里梳洗头发的女子

会染上光泽　成为仙女的姐妹

60

晒月光的人们都有些醉了

故事讲到最后　开始瞎编

61

到了后半夜　人们懒洋洋地散开

跟在我身后的　是灵魂

星夜赶路

62

一次赶夜路　我被月亮跟踪很久

我多次劝它回去　它就是不听

63

说实话　摘下一颗星星很容易

但摘下月亮需要咒语和祖传的技能

64

今夜我顾不上这些　我要在鸡叫以前

把含在嘴里的一句话送到邻村

65

老王吩咐　这句话千万不能丢失

遇到强盗时就把它咽下去

66

事情没有那么复杂　我成功了

我走得很快

如果是四条腿　我将飞奔

67

大约鸡鸣时分　我到达邻村

说出了嘴里的话　并在夜幕里

听到了自己的回声

受命

68

夏日夜晚　一颗星星来到村庄上空

使铁匠慌了手脚　鬼使神差地把手插进炉火

然后反复捶打　打出一双铁手

69

我不认识这颗星星

可是许多人仰头看过之后

都指着我说　是来找你的

70

老王拍了拍我的肩膀　暗示我

你可以跟它走

71

是夜我长出一双想象的翅膀

我还在星空里　结交了莫须有的鲲鹏

72

这一夜　铁匠铺的炉火一直在燃烧

人们窃窃私语　反复提到我的名字

73

铁匠铺的炉火

烧得通红

74

铁匠伸出他的手　看了又看

最后说　行

行是什么意思

75

多年以后　我走到了千里之外

听说铁匠铺搬到了天上

人们偶尔听到星空里传来丁丁的声音

燕山

76

燕山里群峰耸起　不是为了比高

而是比深　在沟壑里堆积阴影

77

从天上回来的人　有时也下山

跟凡人交往　换取一些用品

78

燕山有足够长的小路通向山巅

如果雷霆敢于挡路　就把它推下深沟

跟石头堆在一起

79

我曾在彩虹上面遇到过熟人

那一天　从风中起身者

走上了弯曲的穹顶

80

是什么让我站立不住?

当气流顺着山坡下滑　摇摆的人们彼此顾盼

眼神飘忽

山脉的阴影也飘起来了　像是脱不掉的披风

81

有很长时间　我走来走去

不知如何是好

82

当石头也腐烂了　水也流走了

时间摧毁的悬崖一点点崩塌

我不知这漏洞百出的身体　是否能够包裹住灵魂

83

我不是燕山的孝子

我发呆的时候　石头也在发呆

我们的硬度有限　经不住磨损

84

但燕山不听这一套

它固执　强大　耸着肩膀

决心与时间对峙

85

我的父亲就是这样的人

燕山

86

我想到燕山的外面看看

我想了多年

87

老王说　燕山的外面至少还有三座山

他只是听说　但不敢确信

88

老王说话时神情恍惚　他毕竟老了

89

我想到燕山的外面看看

我又说　我想三天后起身

90

老王看着我　脸上的表情非常复杂

好像一个部落从他的身体里撤退

91

老王即将成为一个遗址　我隐约感到

北极星离他越来越远

92

我想到燕山的外面看看

老王低下头去　不再说话

93

我在燕山里找到一条小道

我把它藏在山里　留作私用

94

我走的时候　老王在村口望着我

他表面镇静　内心却出现了巨大的裂缝

燕山

95

在燕山里　老王不是一个凡人

许多人都被太阳晒化了　而他不灭

他反复出现在同一个山村

96

我回了一下头　看见老王的目光

有些飘忽　而他身旁的岩石却异常坚定

97

老王的身边　聚集了许多人

其中一些赤子　身上没有阴影

98

如果我再一次回头　会有三株炊烟

尾随我上路　一直跟随到梦境

99

曾经有过这样的经历　一群星星

在我头顶盘旋　直到白昼也不消散

你说它们到底想干什么

100

老王给过一个解释

但他说话的时候　星空里出现了篝火

整个夜幕都被烧红

101

那时北方还不太辽阔

群山安静地聚在一起　青草生长着

还没有到达草原

102

我不走那么远　我要往西走

老王说　远方有一座大城

燕山

103

我走后　老王依然生活在燕山里

但我再也没有见过他

传说他神秘失踪了　人们在地上

发现了他的身影　而真人却去向不明

104

有人在风里见过他　身后跟随着白云

105

多年前我回去过一次　燕山还是燕山

一些人成了泥土　一些人不知从哪儿冒出来

让人无法辨认

106

我问一个新人　你是谁?

他看了看我　随手撕下一页日历

盖住了自己的姓名

107

青龙河瘦了很多　有一个人

号称是河神之子　轻轻地

从水面上揭开一层波纹

108

没错　我看他就是河神的儿子

我记得他爹的模样　你爹可好?

109

一群人围在我的身边　远处的青山

也在暗暗聚拢　这让我忽然想起老王

这个燕山的灵魂

110

老王不可能走得太远

他一定就在山里　我四下望了望

觉得有风吹来　树梢在轻轻地晃动

111

这时阳光从山坡上倾泻而下

燕山巨大的阴影在融化　有人要来了

我隐约听到泥土松动的声音

2013.1.22—8.1